U0068272

名流詩叢 6

台灣意象集

李魁賢◎著

台灣　我的家鄉　我的愛
從黃昏的彩霞看到你的丰采
從中午的陽光感到你的熱情
從早晨的鳥鳴聽到你的聲音

自　序

　　十年當中每逢假日廝守三芝鄉居的生活結束之後，我又恢復隨意到處走動的癖好，一方面到處觀景，馳騁胸懷，另方面活絡筋骨，以免過於僵化。又因歲數日增，對氣溫變化調適漸顯不耐，是故常常天未明，即匆匆出門，日出就回家，避開熱氣襲人，因而就近取便，大多在社區公園閒步散心。

　　不能與大自然為伍，則和小自然親近，也不失為權宜之計，其實馳目所及，方圓不過數里，而心之所至，則可無限擴展，心意可見之物象，根本不受空間限制。詩之為用，既可由小見大，復能由近推遠、見實卻虛，從虛化實，純在一念之間運作。

　　心情寬鬆之後，事物無論巨細均可入詩，往往一起興，輒不能自已，語言自然歸位，不勞煩心，著

力只在嚴密控制語言，盡量壓縮，使意象焦點更為明晰，而語言保持更加彈性。年歲徒增，獲得的經驗，惟「要言不煩」而已矣，詩亦深得其理。

現代社會裡，人大多患有肥胖症，瘦身成為健康之道的熱門，詩何獨不然？詩應燒棄累贅有害健康、太過油膩的脂肪，瘦身到形銷骨立，才能展示玉樹臨風之姿，這是我全力以赴的健身之道，此集詩中大多小家碧玉型，便是如此努力的結果。

書名《台灣意象集》乃因詩中言外之意，有台灣現實的蛛絲馬跡，詩的表達方式既求其精簡，則意象主義信條的軌跡，不知不覺或隱或顯可循，但我志不在依理論教條寫作，惟意在為台灣物象造相，記錄個人心情於萬一而已。

2009.09.27

目次

夜讀樂

習慣九點多就睡

每次想

要是躺下去

就不再醒來多好呀

可是老是半夜三點多醒

有時二點多

甚至竟然提早一點多

這是精神衰弱的現象嗎

想睡卻不能睡

不想死偏偏會想到死

起床找書讀

找到孫子兵法

一讀竟然讀了二小時

躺下去又睡著了

把想死的念頭忘掉了

夢裡楚漢戰爭正酣

2007.07.03

在公園散步

凌晨四點多

就到公園散步

連街屋也嫌老人早起

但盛裝的樹木列隊歡迎

綠色的姿勢有吸引力

鳥鳴的音樂盒也打開了

青草把地球表情掩飾

人生美好的戰爭已打過

這裡像是傷兵醫院的後院

天亮後再也掩飾不住

步道上的坑坑洞洞

和老人斑差不多

默默坐在石雕前面

休息不一定是要走更遠的路

只要有夠體力回到家

可憐的是石雕永遠走不動了

2007.07.04

不同的自由

公園裡

鳥在隔著步道的樹上

唱著不同的曲調

一隻飛過來一隻飛過去

採取不同的姿勢

兩隻同飛時

一隻飛向東一隻飛向西

選擇不同的方向

兩隻飛向同樹時

一隻棲上枝一隻棲下枝

停在不同的高度

因為自由自在而顯得孤單呢

還是孤單才能自由自在

2007.07.04

孤　寂

在公園的一個角落

遠方只有一座山

前方只有一支碑

左方只有一棵樹

右方只有一柱路燈

旁邊只有一張長椅

上面只坐一位老人

草地上懶懶散散

只有一隻狗

東方只有一個太陽

初露晨曦

為了迎接唯一的太陽

世界寂靜無聲

2007.07.05

蟬　鳴

輪到蟬熱烈上場時

一隻唱著怪聲怪調的鳥

突然消失了

一棵盤根廣延的樹

突然倒下了

一隻到處徘徊的跛腳狗

突然不見了

一位凌晨在公園散步的老人

突然不再出現了

在熱烈的夏季

群蟬合唱著驪歌

哀樂還是安魂曲

2007.07.11

存 在

公園裡

一位清秀的女孩

在仔細洗臉

她以為臉還是髒的

一位玩瘋的男孩

連污臉都不洗一下

他以為臉還是乾淨的

我獨自靜坐

回想廣交過的朋友

恍然在洗淨臉的

最後一位朋友離去後

只剩下世界

卻發現這個世界

不是我的

我成為野地上

孤孤單單的一棵樹

立於天地間

2007.07.25

擁抱土地

空喊口號

不知如何實踐

在天色朦朧的公園裡

三三兩兩烏合之眾

竟也一路橫隊霸佔步道

為了閃避

在人群旁恍惚之間

猛然雙膝跪下去

向前撲倒

以信徒虔誠的姿勢

結結實實擁抱土地

行年七十偶然學會的動作

真是知易行難啊

熱烈的成果是

缺了一顆牙齒

磨破膝蓋

鏡片殘廢了

2007.08.09

歸　真

去掉苦心之勞

成為空留形骸的鬼

真的　鬼真的自由自在

不再憂煩不需憂煩的事

不再關心不需關心的事

空留形骸又不受形骸之累

空有名聲也無名聲之虞

真的　鬼真的自由自在

解脫與俗世一切關聯

什麼愛嗔喜怒

不再點滴在心頭

從此返魂歸真

真歸

真鬼

2007.08.22

一串念珠

在泰米爾納德邦南方
濱孟加拉灣一處度假村
印度女郎獻上一串念珠
合十敬謹而退

我敬謹領受環在項際
不是翡翠的青綠
不是水晶的透明
不是象牙的乳黃

只是紙漿塑膠的潔白
像自己一生走過的歷程

偶然的一件紀念物

質不質非常質

西方不一定是極樂世界

現實不求物的永在

隨著日升日落

無常的孤獨是心的永在

2007.09.23

中秋賦

中秋節放長假

為什麼

沒有人知道

早晨的公園內

蟬不鳴

鳥不唱

狗不跑

滿天不動的絳雲

色彩變幻不停

到了晚上

連月亮也放假

沒有露臉

老人

在書桌前

釣詩句

什麼也沒上鉤

2007.09.24

心心相應

因為他對別人熱心

　　　對自己人不熱心

　　　才令人不放心

因為他對別人開心

　　　對自己人不開心

　　　才令人不輕心

因為他對別人關心

　　　對自己人不關心

　　　才令人不安心

因為他對別人耐心

　　　對自己人不耐心

　　　才令人不稱心

因為他對別人有愛心

對自己人無愛心

才令人寒心

2007.10.23

藍色幻想曲

公園進入黃昏時

有人突然指著

我頭頂上的綠葉

說那是藍色的

我不敢說他色盲

天黑了一半

在公園即使多走幾圈

終究要回家吧

我又聽到那人在哼

藍色的公園

藍色的多惱河

原來那人活在

藍色的世界裡

天全黑了

我猛然看到那人

似乎是我的朋友

有以往朋友的身影

2007.11.13

晨　歌

在反撲的殘冬寒流中

鳥被早春感動的聲音

樹葉被風感動的聲音

陪伴我穿過綠蔭隧道

走到空曠地

向東方立足調息

晨光透過白雲的音符

我聽到彌賽亞的歌聲

青草豎起耳朵

含著淚珠

在我的伊甸園裡

2007.12.25

雖　然

雖然散步

還是規規矩矩走路

雖然天未亮

還是不張揚手臂

雖然無人跡

還是不擊掌出聲

雖然在幽暗中

還是有人看見

雖然在沒人的地方

還是有人注意

雖然在自由的公園裡

雖然在自由的國度

2008.01.07

即　興

不管早晨的冷風吹向東方
　　　　吹向西方
不管公園路燈何時亮起
　　　　何時熄滅
不管阻路的工程挖掘幾分
　　　　　填土幾分
不管背後的風言是落葉
　　　　還是雨絲
不管走過的有沒有留下足跡
　　寫過的有沒有留下印象
詩起詩落　隨性
時起時落　隨興

2008.01.25.

厭詩症

從前吃飽了
還想吃
現在還沒吃
卻飽了

以前讀了又讀
還想讀
現在還沒讀
卻厭了

到底是
厭食症引起厭詩症

還是
厭詩症影響厭食症

詩
已經食不知味
無味的詩
不食也罷

2008.02.10

迴旋曲

鵝黃色的微風

微風吹拂鵝黃色的玫瑰

玫瑰映照鵝黃色的夕陽

夕陽燃燒鵝黃色的沙灘

沙灘延伸鵝黃色的海岸

海岸衝擊鵝黃色的波浪

波浪捲走鵝黃色的枯葉

枯葉落自鵝黃色的玫瑰

玫瑰迴旋鵝黃色的微風

2008.02.17

藝術家的世界

藝術家創造一個新的世界

揮灑自己理想的色彩

有山有水有磊石有瀑布

像是現實中的夢境

有飛白有土黃有藍調有綠意

恰是夢境中的現實

藝術家用人生的調色盤

給自己佈局和調色

永遠不變的美

在詩人無常的現實裡

成為心靈共生的夢土

2008.02.26

牛之為神

神氣

韻生於指顧間

勢不儼然在廟堂上

凌人自誤

真神化為牛的形象

勤於耕耘

不昂首孤高鳴空

只顧俯身品味芳草

愈親近土地愈卑屈

甚至佝僂姿影

終不悔

自娛自在

神性

2008.02.27

看海的心事

不知道進港的是帆船

　　　還是郵輪

不知道飛來的是海鷗

　　　還是候鳥

不知道飄過的是白雲

　　　還是波浪的倒影

不知道揮手的是告別

　　　還是迎接

不知道天涯連接的是昨天

　　　還是明日

不知道掩護心事的是一支小陽傘

　　　還是秋風的黃衣裳

2008.02.27

丑角生涯

人生是斑爛拼貼的服裝

用誇張的臉譜表現

這個世界誇張的荒謬

遠景已成為過去

近觀仍然栖皇碌碌

光影　強弱　大小

分明是那麼明分界限

驅馳往何處去

只是順途

不在規劃格局內

畢竟

我為眾生帶來的喜樂

是吸引純真人子追逐

最有價值的回顧

2008.02.28

隱藏的情意

覙腴的訊息

傳達不欲人知的一面

說是不欲面對世界

也可以

隱藏在幽暗中的原森林

隱藏在原森林中的幽蘭

美中至美

隱藏在內心裡的情意

隱藏在情意中的酸楚

深沉無悔的愛

2008.02.28

城市在流血

霓紅燈在流血

城市在流血

豪華炫眼的燦爛

正在耗竭最後的氣息

滿地的血腥

反映撩亂的文明

紅塵因血而紅

綠葉因生機而綠

為世界裝上綠肺吧

為燈輸綠血

為城市輸綠血

2008.02.29

虛　實

在童話世界裡

美人魚是主角

螺貝是主角

花串是主角

場景在夢幻湖

在現實社會裡

美女是配件

鑽石是配件

名車是配件

場景在俱樂部

2008.02.29

晚　霞

晚霞令人心驚

彷彿是戰火燃燒的訊息

那是往年的災情

還是未來的不幸

或是千里萬里以外

異國人民正遭受戰事的蹂躪

還是災民陷於無情的煎熬

有鳥傳來瞬時快報

有船急往救難

美景令人心酸

眼見就快要淪入黑暗

2008.03.01

致命的美

美是致命的焦點

創作的高峰

詩的極致

窒息的雪白在絕嶺

款擺的新綠在林梢

得意的人生在青春

記憶中的鮮美

被時間雕琢

顯露鑿痕

更致命的是

歷史不能修補

唯有藝術存其真

美則美矣

善則善哉

2008.03.02

荷田謠

情念

化成田田荷花

池池牽扯的蓮藕

奧祕不露

期待相憐相惜

於今綠葉連成一片

荷苞正盛

忍受陽光挑逗

不對天空綻放

有誰勇敢伸手

但願相許

不枉一身亭亭華麗

2008.03.02

海的情歌

海一直在探問

陸地的心事

由巉岩出面回應

波浪有時急進

有時勇退

總是擁抱曲折的腰段

對沉默的陸地

唱著激動的情歌

唾沫四濺

陸地正在蓄積情思

準備來一次火山爆發

最火熱的表示

2008.03.02

櫻花祭

在季節之前

花信提早報到

一片緋紅

燃起春意隨風飄蕩

給陰陰沉沉的人間

多一點顏色看

但願蜂擁而來的知音

是為了緋櫻的本色

不是緋聞的傳言

趕熱鬧的風潮

2008.03.03

許 願

神明啊

人間如此紛紛擾擾

祢既不制止強權者

也不保佑弱者嗎

祢居住如此高堂華宇

人人爭相供奉牲禮

用金銀賄賂

祢即使出入有神轎護擁

也懶得到各地巡視

祢困坐在廟殿內

是缺少骨質

還是老到不想動

但願有人幫祢坐鎮

照樣威懾百姓

好讓祢變身到處去看看

這世界成什麼樣

2008.03.03

山間小屋

小屋避居山間

孤寂像獨立的山

挺立在大地

心事像獨立的樹

與天空對話

無意成為風景

眼中不見風來風往

耳中不聞風言風語

隨遇禪定

紅頂給自己看

2008.03.04

林中晨景

密林裡

陽光唱著晨歌

在幽徑裡散步

喜歡數巨木的年輪

看沒有年輪的蕨類

唯早起的鳥鳴

觀爬蟲在撿掉落的音符

暗結的露珠

回味

夜裡的纏綿故事

不願曝光

2008.03.04

詠　荷

不是我獨紅

而是扶葉一片慘綠

陽光普及萬物

沒有對我孤注

為何突出

吸引眾人矚目

或許是基因本然

或許是美感獨特眼光

或許也要問詩人

為何孤單

為荷傾慕

2008.03.05

燈塔自白

茫茫海上

我願給妳一點光

指點一個方向

或許妳從此遠遊四方

漸去漸遠

或許妳決心靠岸

廝守美麗的海島

偎倚曲折的海岸

白天單純是一個景點

夜裡絕對會放射光芒

照耀海岸歷史

直到天亮

妳留下　共存海角

妳離去　各是天涯

2008.03.05

奏鳴曲

黃玫瑰
　　　　會是蔓延的軟枝黃蟬嗎
黃蟬
　　　會是漫天失魂的黃蝴蝶嗎
黃蝴蝶
　　　會是令人低迴的黃絲帶嗎
黃絲帶
　　　會是隨風墜落的黃招貼嗎
黃招貼
　　　會是消災四散的黃冥紙嗎
黃冥紙
　　　會是相思憔悴的黃葉嗎

黃葉

　　會是少女影像的黃衣裳嗎

黃衣裳

　　會是惹人憐惜的黃玫瑰嗎

2008.03.06

密林河道

魚游嬉樹上

忽東忽西

不亞於獼猴的輕佻

鳥飛翔河裡

忽浮忽潛

宛如水蛇的刁鑽

河流過密林上方

成為天河

樹林在河中呼吸

成為水蔭

樹與河渾然同在

一起不分彼此

2008.03.06

谷中雷聲

山谷裡

鄉土的聲音

無人聽見

留在內部迴盪

由於空無

而實有

由於空幻

而實存

由於空虛

而實在

由於空靈

而實力

由於無人聽

而化成一陣雷霆

2008.03.07

殘　冬

入冬起

禁不住思念

撕下身上的樹葉

給大地寫信

轉告遠行的春天

回來溫存

消息愈渺茫

寄望愈急切

剩下沒有幾葉可護身

開始忖度

這般蕭瑟

如何度過寒冬

熬過相思

2008.03.07

路 劫

一路找尋

春天的消息

穿過山林和野外

到處摸索方向

偶遇陽光和路樹狎戲

把樹幹投影

以粗線條橫生事件

困住路身體

害路穿上囚衣

眼見快要趕上春

路卻不能動彈

幾乎無法喘氣

2008.03.07

夏　樹

到了夏天

樹換上迷彩裝

選用硫黃色

有溫泉的風味

開始燃燒

燃燒出恍惚的空氣

燃燒出夏日的熱

情

不自禁

彼此擁抱給

冷冷的山

看

2008.03.08

故事館

紅磚房屋

是風溼症的老人

面色紅潤

走不動

陽光白天來照顧

給予溫暖

老人隱藏心事

像故事館

不開門

到了晚上

陽光要回家

老人無處歸宿

2008.03.08

傳　說

有一個山坡

有一群綿羊

有一年春後

有一位牧羊人

仔細觀察

一隻失去草慾的羊

走過崎嶇的山路

邁向不融的雪山

那聖潔的未來故鄉

稱為綿羊山

2008.03.09

憔悴的夜

夜愈來愈憔悴

等待黎明不知何時相見

水裡沒有唉喋聲

小舟剩下孤影

湖邊柳像披頭散髮的遊魂

七月半的天燈

晃晃蕩蕩

偷窺孤單的房屋

夜繼續等

比人還憔悴

2008.03.09

童年的故鄉

故鄉的田野

是一則童話

陪伴過快樂的童年

後來遠走異鄉

童話遺留在

遙遠的夢中

故鄉的風光

是一則寓言

親切的動植物

都在呼喚

呼喚遠行的旅人

回到童年相會

2008.03.10

陽光雪地

陽光這位旅行家
到處收集燦爛風景
各地艷麗的花卉
拼貼成各種人體彩繪

陽光這位夢想家
虛擬奇異的科幻故事
杜撰妄想的詩篇
輸入自動記憶的載體

陽光這位健忘者
到了寒冬時

才把行囊傾倒雪地上

渲染一幅大地的抽象畫

2008.03.10

打開天空

打開天空吧

放鳥飛

冬眠行將結束

水面映現

桃花的訊息

一些人影在晃動

彷彿蝌蚪掙扎

生命蛻變的歷程

讓陽光和詩

一同照顧

荒蕪的大地

那就

打開天空吧

2008.03.11

詩　思

人倦了

才想回家

或是人倦了

才想出門旅行

脫離模型的生活

隨遇驚奇

釋放想像力

在旅程醞釀詩思

有時把詩忘在外面

把記憶帶回來

有時把記憶留在外面

把詩帶回來

2008.03.11

神祕的舊宅

房屋隱身到林間

緊閉窗戶

忍受無人的寂寞

在退休狀態

回味夏蟬高亢的情歌

有些慵懶的情緒

像一口舊陶甕

內藏許多醱酵故事的

陳年美酒

醺然欲醉的神祕

別人卻視為是

一座廢墟

2008.03.12

詩長在

國破
山河在
家亡
島國在
人失
家屋在
情斷
伊人在
詩絕
情思在
湖幻
詩長在

2008.03.13

徬　徨

多少次營火會的尖叫

多少次風雨中遊行的呼喊

多少次鐵絲拒馬前的衝刺

多少次倒臥群眾裡的悲痛

多少次血流滿面鏡頭的震撼

多少次手銬扣住的無助

多少次押上警車的委屈

多少次驅離四散的徬徨

無心走到家門前

羅曼史一般

靜靜留在少年夢中

等待回憶

躊躇著思索

家的意義

2008.03.14

故鄉之歌

故鄉的花是誰的臉

故鄉的樹是誰的腰

故鄉的山丘是誰的乳房

故鄉的田園是誰的身體

故鄉的流水是誰的呢喃

故鄉的春風是誰的笑靨

故鄉的竹叢是誰的亂髮

故鄉的雜草是誰的私密

故鄉的耕耘是誰的愛情

故鄉的收成是誰的祭禮

故鄉的秋雨是誰的眼淚

故鄉的落葉是誰的憔悴

故鄉的事是誰的過去
故鄉的人是誰的等待

2008.03.14

悲　歌

有一首歌

只在心中呻吟

不唱給人聽

怕無人瞭解

故鄉土地的苦楚

心中這一首歌

只能唱給故鄉人聽

故鄉人已流落他鄉

沒有人聽

這一首歌

只在心中呻吟

不敢唱給人聽

怕無人體會

故鄉人民的悲情

2008.03.15

階　梯

循階而上

風光必然明媚

風流必然清爽

風景必然遠大

寧願自囚階下層

與蟲豸同遊

與落葉同塵

與基礎同在

與寂寞同處

孤獨世界

2008.03.16

葡萄成熟時

陽光

把葡萄煉出紫銅色

和農民皮膚一樣

熬成纍纍的成果

大汗的結晶

誘人口慾的是

甜汁的密度

鹹味早已在原地土壤

蒸發

無聲無息

2008.03.16

公雞不鳴

有單足獨立的架勢

卻不發出聲音

有睥睨群雞的神氣

仍然不發出聲音

有傲然如鶴的卓越

仍舊不發出聲音

有風采飽滿的身段

還是不發出聲音

最終面臨宰殺的命運

來不及發出聲音

2008.03.17

歸 趨

從海上歸來

帶回飛魚的收獲

帶回霏雨的經歷

帶回烈陽的追逐

帶回雲彩的變幻

回到陸地

全部擱淺在回憶裡

消化不良的挑戰

瞿然回首醒悟

歸趨海洋

才是真正的生存場域

2008.03.17

我的台灣　我的希望

從早晨的鳥鳴聽到你的聲音
從中午的陽光感到你的熱情
從黃昏的彩霞看到你的丰采
台灣　我的家鄉　我的愛

海岸有你的曲折
波浪有你的澎湃
雲朵有你的飄逸
花卉有你的姿影
樹葉有你的常青
林木有你的魁梧
根基有你的磐固
山脈有你的聳立

溪流有你的蜿蜒

岩石有你的磊落

道路有你的崎嶇

台灣　我的土地　我的夢

你的心肺有我的呼吸

你的歷史有我的生命

你的存在有我的意識

台灣　我的國家　我的希望

2008.03.20

長 椅

長椅固定在土地上

紅髮坐一坐走了

黑髮坐一坐走了

白髮坐一坐走了

薙髮坐一坐走了

無髮坐一坐走了

有人在長椅上吵

有人在長椅上想

有人在長椅上睡

有人在長椅上跳

有人在長椅上跑

長椅始終都沒話說

2008.04.25

老人孤獨（華語）

老人孤獨

因為他的世界愈大

他的心愈小

相較於年輕時

世界很小

心卻無限大

人老才能與花草相處

花草守著孤獨

把葉綠花美

呈獻給人人

只要求一點點土地

花草懂得

老人的心情

老人瞭解

花草的心意

2008.05.18

老人孤單（台語）

老人孤單

因為伊的世界真大

伊的心真小

相對少年家

世界真小

心真大

人老才會當和花草講話

花草未講謊詷

實實在在

將草青花帥

獻給大家

干單要求一絲絲也土地

花草瞭解

老人的心情

老人瞭解

花草的心意

2009.07.22

【附錄一】

空間的詩學
——李魁賢新詩研究

陳玉玲

一、前言

　　李魁賢（1937～）是台灣重要的詩人。以李魁賢作為本文的研究對象，原因如下：第一、他是一個執著創作，不斷自我超越、自我成長的詩人，詩人至今創作不懈，可見一斑。第二、精通英、德、日語的李魁賢兼具現代詩評論家及翻譯家的角色，使他具有國際性的詩學素養。第三、在台灣文學的研究上，李魁

賢是重要的研究對象，他以詩作及詩評標示出自己存在的位置，並且寫出對台灣的愛，使他足以擔當台灣詩人的桂冠。

本文運用空間的概念分析李魁賢筆下的世界，並期望能深入他的內在世界及存在的感受。首先必須說明：李魁賢詩中呈現的空間意義並不等同於詩人自身存在的位置或處所，也絕對不是在一般理解作為背景及幾何化的空間。

吳國盛在論述現代人的空間概念時，指出現代空間的概念具有背景特徵及幾何化的特徵。現代人生活在機器的世界中，力學世界觀（mechanical view of world）經過潛移默化深印在人們腦海中。一般將空間想像為唯一、不動的存在，當作是純幾何的延伸：連續、無限伸展、三維、可度量等等，其實是受到牛頓（Isaac Newton, 1642～1727）絕對空間觀以及笛卡兒（Rene Descartes, 1596～1650）直角坐標的影響，這並不同於希臘哲學的空間概念。

空間在近代哲學史上，存在著實體論（substantia-

lism）、屬性論（property view）和關係論（relationalism）
的概念。實體論探究宇宙（空間）的本體；屬性論則
探究空間的大小、長寬高等延伸的概念；關係論則指
物體存在的位置或處所。分析李魁賢的空間詩學，必
須先與現代幾何化與背景文化的空間概念先作區分。
本文所關注的是李魁賢詩中所呈現的實體論概念的空
間。透過詩人對宇宙實體的想像，正可以深入詩人對
生命本質的觀感。

　　巴什拉（Gaston Bachelard, 1884～1962）認為，
詩人想像最初的根源是空氣、火、水和土四種元素，
詩的批評就是詩人對這四種物質想像的分析。巴什拉
的認識論是對這想像的初源進行精神分析，並展開想
像形上學的理論體系。巴什拉的四元素與中國五行金
木水火土有重疊的選擇，但是，中國的五行哲學更強
調相生相剋的關係。本文主要以——火、土、木三種
元素，分析李魁賢對宇宙實體的想像。這種想像及意
象的分析與科學客觀化的研究是迥然不同的。巴什拉
指出，幾何與代數已逐步把自身的形式與抽象原則納

入科學之中，成為客觀化的研究軸線。但是，詩學及想像世界的研究卻是主觀的研究軸線（1992：3）

二、陽光與月光

　　李魁賢的詩時常讓人感到溫暖、愛與希望。這股動力即來自於詩人潛意識中對宇宙實體的想像。以意象分析而論，李魁賢詩中的宇宙實體的來源是火、土、木，彼此間又存在相生的關係。分析論述：一、火在李魁賢詩中是隱性的內在特質；光是火最純粹的表現，來自天體的光有陽光、晨曦、夕陽、晚霞、月光、星光等。二、土地同時具有宇宙實體與存在根源的雙重意象，土地幾乎緊緊與火或植物的意象相結合。地熱、火山、熔岩是土地與火的共同體；植物也不能脫離土地而存在，這使詩人將宇宙實體的想像與存在的本質結合在一起。三、宇宙樹是李魁賢詩中明顯的意象，樹的生長即是宇宙力量的呈現，宇宙樹的

意象流露出：美的追求、自我的超越，同時也是對土地（故鄉）的回歸，這都證明了詩人的精神意識。

李魁賢在〈山茶花〉（1993b：22）中，寫道：「晨曦是我的初戀」，「晚霞是我的熱戀」，以晨曦與晚霞作為山茶花的戀情，隱喻陽光使山茶花得到生命力而層層開展。事實上，李魁賢詩中，光的照射正使大地與植物得到了生機希望。

李魁賢想像中的宇宙天體可能是日月星辰，來自天體的光可能是陽光、晨曦、夕陽、晚霞、月光、星輝，然而不論何者，它都與大地、果實、花朵，甚至是愛情的成熟密切相關。在表象上，這光的熱度彷彿只是催化劑，但是，從精神分析而論，這卻是詩人的潛意識中，將愛與天體地心相結合的過程。

李魁賢在《赤裸的薔薇》代自序〈孤獨的喜悅〉（1976：1）中，將詩人比喻為青果，成熟的途徑是孤獨與愛的堅持，「所以，詩人的要務：唯孤獨，唯愛」。其中，李魁賢以「曠野中傲立的果樹」自喻孤獨的情境。孤獨的喜悅在靜謐的果園裡油然而生，果實在

孤獨的氣氛中，「吸吮愛的甘露，與天地相對，與陽光相對，漸趨成熟」（1976：1），坦然與天地陽光相對的過程都令存在者——詩人或果實趨於成熟甜美。

李魁賢運用果實的意象彷彿受到里爾克（Rainer Maria Rilke, 1875～1926）詩境的召喚，里爾克在〈給奧費斯的十四行詩〉第十三首（李魁賢譯）中，寫道：

> 果敢地說吧，你們所稱呼的蘋果。
> 這甜味，起先是濃烈凝聚，
> 接著，在品味中緩緩升起，
>
> 變得清澈、提神，且透明，
> 具有雙重意味，屬於陽光、大地、此世——
> 啊，這種經驗、感觸、歡暢——無窮盡。

以及在第十五首詩（李魁賢譯）中，寫道：

> 舞著橘子吧。更溫和的風景
> 自你們當中把它投出，這成熟的果實

就在故鄉的大氣中閃耀！熱心的你們啊，

揭去層層香氣呀！造成親誼，

與純粹、堅毅的果皮，

　　李魁賢詩中漸漸成熟的果實，亦即里爾克詩中
屬於陽光與大地，充滿甜味的蘋果；而橘子的芳香，
象徵純粹與堅毅的果皮，代表幸福的汁液，似乎也是
「傲立在曠野中果樹」的願望，一種「清澈、提神，
且透明」的成熟滋味。在此，不論是蘋果或橘子都一
樣展現出詩人甜美的夢想，結合了起來。〈秋之午〉
（1964：34）：「秋之午／果園內滿是纍纍的陽光／
紫皮的果實與果實之間／成熟地相對敘語著」，〈秋
與死之憶〉（1964：42）：「你在秋天的果樹園裡徘
徊時，你曾看到那些靜靜地躺著仰望月光和星星的成
熟的果實。你曉得那不安的波動嗎？」詩中的果實也
接受月光星辰的光輝，使果實隱喻天體的意象。巴什
拉（Gaston Bachelard, 1884～1962）指出：當鮮果的美
越接近圓形時，就越具有陰性的威力，受詩人讚頌的

果實正代表著夢想者的鮮果——洋溢幸福的宇宙實體（1996）。

在李魁賢的眼中，秋天是豐收的季節，果實的成熟象徵生命中的圓熟與愛的飽滿。秋天果園中成熟的纍纍的果實，在詩人眼中是生命的讚賞。〈秋之午〉中，他把成熟的果實比喻作「滿是纍纍的陽光」；在〈秋與死之憶〉中，他把果實給擬人化：「靜靜地躺著仰望月光和星星的成熟的果實」。秋天的果實成為日月星辰天體的重要意象之一。

李魁賢詩中的宇宙天體的想像是屬於秋天的，因為深秋代表成熟的生命階段，與飽滿的、通透的愛緊緊相應，這正是詩人對陽光（月光）的想像。所以，李魁賢詩中有關成熟的主題總是在秋天出現，夏日令人窒息的烈日艷陽，並不是詩人對宇宙實體的想像，詩人寧願宇宙就像秋天的果實一般，詩人眼中的陽光就如月光一樣，是和煦宜人的，屬於秋高氣爽，萬物成熟的季節。成熟的愛，不只由果實表現出來，在李魁賢的詩中更成為豐富的意象，〈高粱穗〉（1985）：

吸納陽光的愛

頭愈低

因為心中的祕密

使我感到羞怯

即使被摘下

脫水　染色

置上他案頭

低首的姿勢

就能映入他心窗

我看到自己

飽滿

愛的生命

是的

秋已深

詩中的高粱穗因為吸納了陽光而飽滿成熟，陽光

在此又等同於愛的甘露。〈一束陽光〉（1993b: 70）
寫道：「陽光也隨著出現了／像稻穗一般／有成熟的
味道／梳著透光的女神金髮／有成熟的味道」，陽光
與稻穗的滋味相當，正如同秋深的隱喻，都代表成熟
的生命階段，是一個充滿了「飽滿愛的生命」的季節。
在〈水晶的形成〉（1985：13）表達了同樣意象。

椰子樹

排隊　舉手

托住夜空

讓月光的天鵝絨

蓋在我身上

秋深之後

使我感到軀體上的溫暖

是比月光更無孔不入的

他的愛

自由的渴望

夜幕盡頭

我看不到回家的路

在月光懷抱裡

我看不到自己的位置

原來

我已化成水晶

全身透明

在黑暗中映照月光

　　秋深，使詩人不斷聯想起愛的飽滿，飽滿的愛透
過陽光及月光的照耀呈現出來，一如上述，果實承受
了日月的光輝。以月光的照射作為水晶形成的過程，
更加強調了月光的純粹。巴什拉在《火的精神分析》
中指出：光是火最純潔的化身，光的透明度是火的理
想化，光成為火的純潔象徵（1992：116-128）。因
此不論是吸納陽光的高粱穗，或是映照月光而如水晶
一般的通透晶瑩，都代表對愛的憧憬、成熟與純潔。

詩中的主角靜靜地讓陽光或月光，由上而下地照射在自己的身上，彷彿承受一種珍貴的寵愛，感到內心的滿足與生命的成熟。在〈蟬殼〉（1985：38）詩中，他以蟬蛻比喻由青澀走向成熟心境，「我的共鳴箱內／充滿他的愛／在秋天／歌唱蛻化的我的現實／用首飾盒／收存那僵硬的蟬殼／我初嫁的衣裳」，以僵硬的蟬殼比喻初嫁的心情，而婚後逐漸成熟的女子便如蟬蛻一般，開始體會丈夫的愛，兩人可以發出愛的共鳴。秋天，成為愛的季節，正因為這是一個蟬蛻的季節，一個邁向成熟之路的生命階段。

以火作為宇宙天體的想像，陽光（月光）照耀在地（樹），成為詩人的願望。這不只是光學的現象，而是詩人內心世界的呈現，〈希臘詩抄：愛奧尼亞海的夕陽〉（1997b：116）：「把滿身血熱貢獻給大地後／朝向翠綠的愛奧尼亞海／說再見吧，希臘，再見」，「夕陽西下，一如熱血流向大地，輸入愛與希望」。〈輸血〉（1990：1）中，將愛的傳送比喻為輸血，鮮血如同鮮花一般，在不知名的地方，綻放生命

的美；然而，「輸血給沒有生機的土地／沒有太陽照耀的地方／徒然染紅了殘缺的地圖」，鮮血、太陽都代表愛與生機。所謂沒有太陽的土地，便如同飄零的花瓣一般，缺乏愛的生命。正足以證明：陽光必須與大地結合，是詩人的願望，也是宿命觀，這是李魁賢宇宙實體的重要觀念。

三、地熱與岩層

　　作為天體的光，由宇宙的無盡處照射在大地之上，與大地潛藏於內的無盡地熱，正遙遙相應，都是火的化身。李魁賢〈亞特蘭大〉（1985：72）詩道：「亞特蘭大太陽／是熾熱的生命火種」，又「亞特蘭大太陽／把火紅的愛／從大地的底層掏出來／托著沿地平線展覽」，在此詩人將太陽與地熱聯結在一起。來自天體的火與來自地層的火，都是愛與生命的象徵。「亞特蘭大像故鄉一樣／每天向我展示一熾熱的

生命／自由和愛」。

　　地熱與陽光終究是不同的，地熱更強調火自身
的內在性，陽光雖然可以使果實成熟，卻必須仰仗他
者而證明自身的光芒。有趣的是，光芒外露的光體並
不是萬分熾熱的，而是和煦的光，以至於陽光也如月
光一樣。但是，地熱則不然，地熱並無耀眼的光芒，
卻是詩人感到最熾熱的實體。在詩人對宇宙的想像
中，陽光屬於秋天，但是，地熱卻屬於夏天，地層的
熱度更甚於光體，但是，卻不能自己發亮。〈登七星
山〉：「我是局外的夏季／內心的岩層／有硫磺燃燒
著熾熱／卻不能像星星發亮」。

　　詩人眼中，地底蘊藏著無限的生命力，可以
說，躍動的生命便是大地自身內在的性格。〈雪天〉
（1990：3）：「我感覺那地層的胎動／當圍籠過來
的烏雲愈積愈厚／開始有了雪花」，〈經過夏日暴雨
的咆哮〉（1976：63）：「山坡道路／固執地剁成兩
半的心臟／連繫的形象雖已茫然／但不羈的地層／猶
是虎虎躍動的生命」，在李魁賢詩中，地層是生命

的根源，尚未出土萌芽的生命，正躍躍欲試，一如胎動。地熱的內在性，使人不易察覺，卻經得起考驗，在〈雪天〉中，他寫道：「在愈冷的時候／才會感覺大理石的肌膚／有溫泉一樣的地熱」。蘊藏在地底的熱不只是內在的象徵，更是冷中的熱，外冷內熱的證明。在〈白髮蘚〉（1993b：66）：「在你火成岩的內層／永遠有暗中輻射的熱情／我青苔地衣廣被你外表的冷峻／靠著你冷中的熱展現我的生機」，儘管地表如大理石肌膚一般冰冷，在火成岩內層卻如雷射般熾熱。李魁賢以地層的外冷內熱，形容深沉的愛。

地熱醞釀於內，威力卻非比尋常。地熱一方面結合了火與地層（土）的特質，另一方面兼具動與靜的雙重性格。火山與黑玉的意象，分別代表了火焰的動與靜。〈櫻島火山〉：

蓄積心中的烈焰
忍不住
向天空吐露

正像烽火台

從九洲末端

越過大隅海峽

越過太平洋

傳達愛的訊息

我是不死的火山

心中的烈焰

一定要讓他知道

不願壓在心底

地熱化身為岩漿，引起火山爆發，足以跨越海洋，展現最強烈的威力。巴什拉指出，火在礦物中是隱藏的、內在的、實體的，因此十分強大，正如同沉默的愛被視為忠誠的愛（1992：88）。當地火保持冷靜之際，可以隱藏千萬年，直至出土，才讓人發現她的存在。〈黑玉〉（1985：48）展現另一種風格：「在櫥窗的錦盒中／一道白刃的光/投射我／孤獨的存

在」，「集一切色彩／熬煉出千古原始的／純黑」，
「像地層下的原煤／我內心有冷靜的火焰／在詩人的
手掌下／因靜電感應而／燃燒」，以地層下的原煤，
冷靜的火焰形容黑玉，比較強調沉靜的性格。詩人將
岩層與地熱的意象緊緊相連，在於強調作為宇宙實體
——土地的穩定性。〈石頭山〉（1985：70）：

我以整體岩石

堅定不動的信念

面對天

      地

         一片

……

我堅定不動的岩層中

無盡的地熱

有初婚男子的

心

情

在李魁賢的宇宙想像中，地熱的來源雖然是火，但是岩層的堅固卻得自於土地，地熱足以形容內心熾熱的愛情，但是，惟有地層才得以證明堅定的意志，這使得地熱與土地的愛息息相關。〈山海經〉（1985：56）寫島嶼（台灣）在自然環境的破壞下，即使原本青翠的杉木，也因松鼠啃囓而枯槁，山坡地日漸被迫消失，但是，「唯有刻蝕斑駁的岩層／始終涉入水深處／承載著島的負荷／對抗衝擊而來的海浪／發出幾聲無人聽見的吼聲」，「島的剖面依舊是／不變的結構，有地熱／維持著溫暖的心」。岩層的堅固足以對抗海浪的衝擊，地的恆溫是詩人的島嶼之愛，這是作為抗拒迫害，保護島嶼（台灣）的一股主力，這更是詩人意志的投射。

地熱與岩層的結合，成為對土地執著的愛，分析而言，火與土地的結合，使火源得以受到保護，成為永恆的火焰。而當岩層有了火心，等於得到生命的泉源，成為大地之母；兩者本是表裡，如今已成為一體。這股地底的生命力，透過草木的生長呈現出來，

〈野草〉（1985：115）：

  大地呀 擁抱妳的時候

  感到全身痙攣的溫暖

  有我的血 有我的汗

  在底層躍動的生命

  使我滿山遍野地歌唱

  迎著陽光 歡呼明日的序幕

  ……

  親切體驗在野地裡自由自在的擁抱

  彼此依偎著溫熱的愛心

  大地呀 我知道

  妳不會計較在我的擁抱下隱藏身份

  我們的宿命是唱出嘹亮的歌聲

  歌聲才是我們存在的價值

  愛才是我們存在的真諦

野草對大地的讚頌，其實正是李魁賢對土地的愛。以野草自喻，除了以渺小、在野的身份自居外，更強調根植大地，與大地血汗相連的關係；一方面，野草象徵大地躍動的生命力，而大地溫熱的愛又是這生命力的根源；另一方面，草木的根植入大地，使岩層更加堅固，同時草木強勁的生命力也融入土地之中。〈古木〉（1985：41）更強調受到雷劈打擊的古木，仍然執著堅定的意志——信望愛的理念，這便是生命力的表現：「我看到你昂頭囚在山谷裡／帶著信、望、愛／根植連綿的山脈／有不可動搖的意志／我看到你的主幹被藤蔓糾纏／枝柯被雷劈燒焦／鬚根周圍是芒草的殖民地／腰間又有異枝搾取養份／還有巨梟在頭上盤桓／你對抗著幽谷中／每天總有一次強迫施刑的黑暗」，古木的意象，如同囚獄中的鬥士，雖然困於谷中，受盡折騰，卻因此更顯出絕不屈服的生命力。

　　李魁賢對宇宙實體——地熱的想像，是將土地、火與植物結合在一起的。如果，陽光是果實成熟的主

力，那麼地熱即是植物的根源，後者更具有實體本質的意義。陽光雖代表成熟的歷程，地熱卻是先驗的，生命的來源。所以，李魁賢詩中，草木總是依戀著土地。〈白髮蘚〉（1993b：66）寫出這種近於血肉相連的關係，「只要你堅定不移地／依附在你石質堅持的表面」，「即使我漸漸轉化成白髮蘚／仍然緊緊和你結合在一起／不分晝夜　無論晴雨／即使做為你的裝飾也無妨」，詩人在附註中特別說明：「白髮蘚是一種隱花植物，附生於岩石上，因地熱轉白，由青苔逐漸變成白髮狀」。白髮蘚與岩石的結合，一如結髮夫妻，生死相依，地熱使青苔轉白的意象，更代表愛情的恆久不渝。

地熱的意象強調出火的內在化，而植物萌芽的意象代表的是火由內在突出地表的存在證明。但是，以火作為宇宙實體的想像，無法輕視火的轉化與昇華的魔力。巴什拉指出火的燃燒是純粹化的過程，火使本質更加純潔，也使植物轉化成礦物，金砂成為純金。李魁賢〈相思陶〉（1993b：63）中將土生木，木生火，火生土的燃燒過程視為是愛的精煉過程。

用大地的愛

培植出來的

相思樹的木柴

燒出純青的爐火

把相思滲透到我的內心

本質純樸的陶土

經過相思的火煉

才能熬成

堅忍不變的形體

所包容的愛情

其實

沒有人知道

我的本名

是道道地地的

台灣相思陶

相思樹來自土地，在火煉之後成為相思陶，由樹木昇華為礦物，這是火燃燒後，所產生純化的結果。純青的爐火是純潔化的歷練關鍵，火燒並未產生本質的變化，反而更堅定了本質。相思陶比相思樹更加符合土地之愛的意象，來自泥土的樹木，在火煉之後，又回到了陶土的本質。

四、宇宙樹

各式各樣的植物是李魁賢詩中最主要意象，植物不只是宇宙想像的化身，更體現了詩人存在自身的生命原則，以宇宙樹作為詩人的想像實體，主要在突顯兩種特質：一、自我的超越，詩人終身自我超越與美的追求，正如宇宙樹不斷攀高的意象。二、心靈的回歸，樹植根於土地，最終回歸於地的意象，正如詩人對土地真我的心靈回歸歷程。

李魁賢詩中樹的意象可視為自我超越的意象，樹

植根於土地，卻不斷地向上生長如同登高自我挑戰的詩人，呈現自超越的精神。李魁賢樹的象徵受到里爾克的影響，在里爾克〈給奧費斯的十四行詩〉的開宗明義第一首詩：

那裡升起一棵樹。啊！純粹的超越！
啊，奧費斯在歌唱！耳中的高聳的樹喲！

對里爾克研究極深的李魁賢，在《給奧費斯的十四行詩》〈前言〉指出，詩中那上升的樹，代表純粹生命的自我超越，表現了存在的真，同時引用里爾克《形象之書》（Das Buch der Bilder,1902）的序詩（Eingang）：「無比緩慢地升起一株黑色的樹木／且固定於天空：細長、孤獨」，里爾克詩中向天空上升的樹，高聳的樹，是生命存在的證明，生存的表現是純粹的自我超越。在李魁賢的詮釋中，超越含有自身對決的意義，成為追求生命的真諦。

李魁賢〈檳榔樹〉中正表達了這種自我超越的精神：

跟長頸鹿一樣

想探索雲層裡的自由星球

拚命長高

堅持一直的信念

無手無袖

單足獨立我的本土

風來也不會舞蹈搖擺

愛就像我的身長

無人可以比擬

我固定不動的立場

要使他知道

我隨時在等待

我是厭倦遊牧生活的長頸鹿

立在天地之間

成為綠色的世界化石

以累積的時間紋身

雕刻我一生

不朽的追求歷程和紀錄

作者自云寫作過程，「檳榔樹矗立林間，睥睨宇宙，恍惚之間移情作用，自己似乎也變成一棵檳榔樹，而感到共同的喜悅」（1985：80），道出作者創作時物我交感，以檳榔樹作為自我投射的意象。詩中的檳榔樹正好符合了作者內在世界的特質：一是對大地執著的愛，一是純粹超越的精神。檳榔樹植根於大地，象徵詩人執著的愛，「堅持一直的信念／無手無袖／單足獨立我的本土／風來也不會舞蹈搖擺」；「我固定不動的立場／要使他知道／我隨時在等待」：檳榔樹向上生長，象徵詩人內在的超越，檳榔樹長高是為了「探索雲層裡的自由星球」，「拚命長高／堅持一直的信念」，終於使詩人可以自豪地說「愛就像我的身長，無人可以比擬」，詩中明顯以愛作為自我超越的動力，使得愛的追求與自我的超越融為一體。

詩中以植物的檳榔樹作為動物的長頸鹿的化身，又特意以時間作為其中轉化的因子，使得檳榔樹成為了宇宙樹：頂天立地，永恆存在的綠色化石。由動物

而植物而礦物的轉化，不但跨越了存在的表象，回到宇宙實體的本質，也超越了生命的短暫，時間的限制，成為永恆的存在。

自我超越的動力是屬於詩人內在超我（super-ego）的呼喚，巴什拉（Gaston Bachelard, 1884～1962）指出，這種自我超越的理性光輝來自內在阿尼姆斯（animus）的體現。在榮格（Carl G. Jung, 1875～1961）的學說，阿尼姆斯是人類內在男性的特質，理性與英勇的人物便是代表。李魁賢的「登高」詩，同樣具有自我超越的本質。分析而言，一、透過不斷地攀越山巒，眼前的視野得以持續開展，這是空間的超越。二、登高望遠，也使作者得以超越自我內在的空間。三、登山時面對未知前路的挑戰性，使得登山不只是體力的考驗，也可詮釋為心靈探索的歷程。在〈山路〉（1993b：17）寫道：「山路／盤成一個／解不開的網罟」，「每一段山路／都要探索未知的／莽莽蒼蒼的前途」，作者將登山，視同探索未知的旅程，其中不免有迷惘，在〈高處不勝孤獨〉（1993b：

13）中，「我們去登山／去俯覽山河的壯闊」，「通過曲曲折折的歷史的道路／到達絕頂／卻陷入白茫茫的濃霧中」，將山路比喻為歷史的道路、未知的蒼茫前途，具有心靈探索的意義。所以，決定「我們堅持／享有高處不勝的孤獨」（1993b：14），「前方預見彎彎曲曲／卻不願回頭／去尋覓歷程的記憶」（1993b：18），峰迴路轉的意象，不只是否極泰來，而是欲窮千里目，更上一層樓，代表更開展的天空以及探索之後無限延伸的心靈空間。

如果，以檳榔樹作為李魁賢自我超越的象徵，那麼櫻花則代表詩人對美永恆的追求。雖然李魁賢詩中的植物相當多，如百合、玉蘭、山茶花、黃金葛、杜鵑、鐵樹、海棠、相思樹、茄苳、椰子樹、檳榔樹、白樺、水韭、紅杉、枇杷樹、楓、茉莉、報歲蘭、野草、紅蘿蔔……等等不勝枚舉。但是，櫻花卻是李魁賢心中美的夢想。對櫻花美麗的夢想成就了李魁賢的第一首詩。詩人在初中三年級時，向《野風》投稿第一首詩作〈櫻花〉（1998：65），櫻花的美，自此成

為詩人對美的永恆追求。詩人實際的行動是千里赴日賞櫻。〈吉野山訪櫻〉（1993b：49）：

長程半生顛沛
來訪前訂未竟之約
放眼山中的百種櫻品三千
縱有萬般風情
我獨鍾一株
粉白純白的笑臉上
帶有藍調的夢中之櫻

……

美誘我不顧生平奔波
卻拒示我真情
也罷　留待下一次
或許可以重訂來生緣
信守適時踐履的諾言

櫻花在詩人的心目中，具有下列幾項特質：一、櫻花代表詩人心中美的化身，這促使詩人永恆的追求，不顧長程顛沛，生平奔波，為了是一睹櫻花的嬌美。二、櫻花的美孕育詩人心中夢想的世界。〈夢想的世界〉中，詩人以痴情的口吻，寫道：「看不到你的時候／你是我唯一的夢想／用一段旋律／纏繞我的一切」，「看到你的時候／你是我唯一的世界／用一首詩／籠罩我的一切」，「日日夜夜／美種植著相思／孕育我全部世界的夢想／長成我全部夢想的世界」。三、美的追求，夢想的世界，都是因為櫻花符合了詩人心中「阿尼瑪」（anima）的特質。在榮格的學說，以阿尼瑪代表內在女性的特質，以阿尼姆斯（animus）代表內在男性的特質。在人類集體無意識中，阿尼瑪及阿尼姆斯原型都代表女性及男性的形象。仔細審視李魁賢詩中的櫻花往往流露出含羞低首的溫婉之姿，這正是詩人欣賞的女性形象。〈京都垂櫻〉（1993b：51）：

所有櫻花都向天空

袒露春天的心情

只有我垂首含苞不敢開放

不是我心中沒有愛

是因為美的負荷

使我徬徨

我害怕一旦坦然綻開

春天就會過去

而蜜蜂還未準備釀蜜的巢

其實我愛惜自己甚於一切

我臨水鑑照

也能看到天空開闊的胸懷

我堅持自己含情脈脈的姿態

不是仿照柳的嫵媚

根本是天生的氣質使然

櫻花垂首含苞，深情脈脈的嫵媚，類似女子內向的氣質。從這判斷，詩人心中的阿尼瑪是屬於溫柔的女性形象。以櫻比喻女子，而詩中令女子心儀的「天空」則是男子的隱喻。櫻花面向天空，臨水照鏡，期待天空開闊的胸懷，天空則使人聯想起男子寬闊的肩膀。〈箱根途中〉（1985：28）中，天空有具體的男性意象：「在群山層巒中／唯富士山／以雪白的純情乳首／袒露愛／等待天空的親吻」，「我以同樣英挺／柔順的線條／等待他／成為一片漸漸／俯身下來的天空」，「純情的乳首」與「天空的親吻」成為男女交媾的意象。

　　李魁賢以為櫻花的至美是對大地的回歸。在詩人的意象中，雪化身成櫻花，櫻花又回歸大地，回到真我的本質。〈紀三井之櫻〉（1993b：45），以櫻花自述作為表白：「我累積了寒冷的雪花／化成創作的底流／醞釀著轉化昇華的契機」，這是以雪作為櫻花的本質；〈白樺湖〉（1993b：52）：「雪把每年守約的櫻花／妝扮成雪花的形象／在春天留下冬天的回

憶」，櫻花以雪花紛飛的風韻出現，最終櫻花又回歸大地。〈和歌山賞櫻〉（1993b：43）寫道：「全心表現至美的繁華燦爛／一陣風起／頭皮屑散落滿地／他也開始無窮的煩惱嗎」，「不　滿地不是頭皮屑／而是生命的片斷／美的極致總是回歸大地」。詩人將花落委地，視為生命的歷程，〈紀三井之櫻〉（1993b：45）：「其實我是耐寒的族類／溫暖卻促使我的愛情早熟／不得不斷絕美的訴求」，「但我的萎謝並不是一生的結束／即使再度過一次嚴冬／我還會再一次表現對美的嚮往」。

　　李魁賢的夢想世界中，櫻花代表美的追求與本質的回歸，這是宇宙樹永恆的價值。詩人對真我的回歸，透過本質的肯定呈現出來，〈紅蘿蔔〉（1985：77）：

從內心流露到外表
呈獻鮮紅的
願望

以這樣的姿態

面對來來往往的

挑剔的市場

如何長成紅蘿蔔

不是祕密

是傳統的基因

以誠摯的分子

在內心湧動

竟有人質問

為什麼不長成白菜

這樣尷尬的問題

即使可以忍受挑剔

對於質問者

也是蒼白的恥辱

　　由內心到外表的鮮紅，誠摯的分子在內心湧動，
都代表著紅蘿蔔的真我本質，這份本質是天生自然，

不需要向外奢求的。正如垂櫻含情脈脈的姿態，「根本是天生氣質使然」。詩人自我本質的意象是通透潔白、晶瑩剔透的。可以是映照月光的水晶（〈水晶的形成〉，1986b：13），可以是鮮紅的紅蘿蔔（〈紅蘿蔔〉，1985：77），可以是似雪紛飛的櫻花（〈白樺湖〉，1993b：53），可以是陽光燦爛的果實（〈秋之午〉，1964：34），可以是潔白脫俗的百合（〈煩惱〉，1993b：41）。

以宇宙樹的意象分析李魁賢詩中各式各樣的植物，呈現出多層的意義，宇宙樹不只是宇宙實體的想像，也是詩人對生命的超越，美的追求與本質的回歸。

五、結　論

本文以李魁賢詩境中的陽光、地熱、宇宙樹的意象，分析詩人對宇宙實體的想像，事實上又緊緊呼應詩人內在的生命情境。由上述分析：陽光、地熱象徵

生命力與愛，宇宙樹則代表自我超越、美的追求與本質的回歸。

在李魁賢的心中，土地，其實是火與木的根源，所以，筆者認為陽光必須與土地結合，地熱來自地心，而樹木（檳榔樹、櫻花、野草、古木等）植根在土地之上，最後又回歸土地。

本文的論述著重陽光、土地、樹木彼此間密不可分的關係，以此呈現詩人內在想像的宇宙。分析證明：果實、檳榔樹的意象結合了陽光（天空）與大地，白髮蘚結合了青苔與岩層，相思陶結合了相思樹、爐火與泥土的特質。

筆者認為李魁賢是台灣當代優秀的詩人，也是筆者敬重的長者，謹以此文作為李魁賢先生六十大壽之獻禮。

參考書目

1. 巴什拉（Bachelard, Gaston），1992：《火的精神分析》，杜小真、顧嘉琛譯，北京：三聯出版社。

2. 巴什拉，1996：《夢想的詩學》，劉自強譯，北京：三聯出版社。

3. 吳國盛，1997：《希臘空間概念的發展》，成都：四川出版社。

4. 楓堤（李魁賢），1963：《靈骨塔及其他》，台北：野風出版社。

5. 李魁賢，1964：《枇杷樹》，台北：葡萄園詩社。

6. 李魁賢，1966：《南港詩抄》，台北：笠詩刊社。

7. 李魁賢，1976：《赤裸的薔薇》，高雄：三信出版社。

8. 李魁賢，1985：《李魁賢詩選》，台北：新地出版社。

9. 李魁賢，1986a：《輸血》，作者自印。

10. 李魁賢，1986b：《水晶的形成》，台北：笠詩刊社。

11. 李魁賢，1990：《永久的版圖》，台北：笠詩刊社。

12. 李魁賢，1993a：《祈禱》，台北：笠詩刊社。

13. 李魁賢，1993b：《黃昏的意象》，台北：台北縣立文化中心。

【附錄二】

以大地為香爐
——探索李魁賢的家鄉詩

莊金國

　　2005年3月下旬，詩人李魁賢南下高雄，參加世界詩歌節籌辦委員會議，得知台聯在高雄文化中心廣場舉辦反制中國反分裂法誓師抗議活動，特別抽空到場聲援。在前總統李登輝上台演講之前，他在人群中被一位眼尖的李姓女讀者認出，帶著家人要求一起合影留念。由於同姓，格外感到親切，相談之下，還有可能系出同源。原來，這位讀者的父親李剛領，亦屬於「魁」字輩，堂兄弟即有取名「魁泰」、「魁鐸」者，其父親李永章，不知何故沒依照傳承字輩為子女命名。詩人的父親李永興，跟李永章巧合為「永」字

輩，因此，李剛領覺得這些巧合，或許有其因緣，而不是半路亂認親家。

李剛領從高雄醫學院畢業後，在高雄開業行醫迄今，老家在嘉義新港，其祖先是否來自台北淡水，尚待印證。淡水李家所編集家族譜，載有親族兩千多人，說不定其中就有他們的名字在內。

淡水李家開基祖李鼎成（字純朴），係由清國福建省泉州府同安縣李厝鄉小崎堡馬尾巷十一都遷來台灣，輾轉落腳當時名為「滬尾」的淡水。

清乾隆十六年，李鼎成抵台後，娶妻成家，育有二子：臣春、臣連。李臣春傳四子：太平、長生、江中、山石。李魁賢為四房李山石所傳第五代，其祖父李宗菊生子永興、永益，李永興生子魁煌、魁賢、魁耀、魁榮。

李魁賢出生於日治台北市太平町（今涼州街），八歲時「走空襲」，舉家遷回父親李永興的淡水老家，即李山石在中寮庄大埤頭所蓋的石墻仔內瓦茨，今為其叔叔李永益（已故）一房所有。

李山石兄弟原本住在淡水北投子，祖茨已擴建為宗祠家廟。俗云「樹大著分枝」，三房李江中首先遷出，1859年在淡水中寮庄桂花樹蓋了第一座瓦茨，次房李長生隨後在同庄大竹圍另立新家，1877年，四房李山石於同庄大埤頭蓋成第三座三合院瓦茨，四周堆砌石墙，當地人稱石墙仔內。迨至1893年，短短三十四年間，李氏家族在中寮庄蓋了九座大瓦茨，由此可見其分枝擴展之快。

　　李魁賢一家過慣了台北城生活，突然搬到淡水山居，度過他童少年貧苦艱困的日子，但是，淡水對他而言，永遠是他身心所繫的家鄉，其後在台北成家立業，總當成第二故鄉。他寫有關淡水的詩篇，充滿鄉思親情，且賦予海闊天空的願景，以〈大地的香爐〉一詩來看，讀之令人心胸開朗，對於失竊的祖傳香爐，轉念以大地為香爐，顯示鄉土大地無處不可當香爐的豁達觀念。

　　1982年，李魁賢應台灣省教育廳之邀，寫成逾萬字的〈淡水是風景的故鄉〉，這是一篇生動有趣的導

覽遊記，列為兒童讀物廣為發行。文中穿插許多親子對話，翔實介紹淡水的人文、歷史、民俗、古蹟、生態、風景。描述家鄉的人事物，詩人扮成講古道今的地方文史解說員，亟欲訴盡淡水之好。

淡水到底好在哪裡？詩人在〈聽海〉中指出：「走遍了世界各地海岸江河湖泊／但我最喜歡的是淡水海邊……／這裡有千萬株相思樹在共同呼吸」。李家早年種植相思樹，是為了燒製木炭，在詩人心目中，一大片的相思樹林，像「模擬海千萬株手拉手跳土風舞」。詩人在〈零時的窗口〉記祖父之死，仿祖父的口吻，交代柑橘園收成不好，「改種相思樹是對的／十年後必定是一片蓊鬱」。老人臨終前，寓意相思樹苗如子孫繁衍，一片蓊鬱象徵長大成林。

重見相思樹，詩人追憶以前節慶時「燈籠紮在林園疏落的枝頭上」，記起「一陣銅鑼、一陣鐃鈸」響亮的鬧熱場景。如今，「隘口的相思林連著相思林……／響不起故鄉的鞭炮聲」，偶爾聽到「啄木鳥的伐木聲……／落入舞龍的夢裡」。

詩人有感而發寫下〈相思林〉，儘管相思林依舊部分在，只是林園的人情世故已改，所謂落入舞龍的夢裡，意味著燈籠、銅鑼、鐃鈸和舞龍等民俗活動，在山區村落近乎絕跡了。

　　除了緬懷相思樹，詩人念念不忘的茄苳樹，以親切的母語描述衷情。〈茨後一叢茄苳〉裡的茄苳樹與烏鴉形成命運共同體。老茄苳不知是野生或李家祖先種的，詩人說：「阮阿公在清國時代起茨時／就聽著在此嘎嘎叫」的烏鴉啼叫聲，可見老茄苳比他的阿公來得早。以前鄉下人嫌烏鴉啼叫代表不吉利，詩人的阿公認為烏鴉「來相勤茨就會旺」，他的阿爸也指「伊會湊顧牛復會掠草蜢」。

　　老茄苳歷經清、日、民國時代，等詩人年老時「轉來舊茨遂尋無老茄苳」，也「聽無烏鴉在嘎嘎叫」。事實上，石墻仔內茨後一株高大的茄苳樹健在如昔，詩人是深怕哪一天回去，看不到老茄苳。樹上傳出的烏鴉聲，常在詩人的夢中啼叫著，烏鴉不鳴，詩人的童少年之夢就破滅了。

石墻仔內茨前有一欉山茶樹，李魁賢小時常與童伴在樹下玩捉迷藏。這欉山茶樹會開出白色的山茶花，詩人寫的〈山茶花〉，由「粉白變成粉紅」，係指其三芝鄉新居庭園所種不同種山茶樹的花色。石墻仔內還有不少老樹，尚待催生。

談到石墻仔內，〈石墻〉詩無疑是李家在此興旺、繁衍、散聚的家族活化史蹟。詩分四段五十行，為什麼以河石堆砌圍墻？一防盜匪入侵，二防紅毛番登陸。

李山石的孫子李喜祿一家留守北投子宗祠，引來土匪侵犯，李喜祿被捉去當人質，對方要求鉅額銀兩贖回，起初李家不肯答應，以至於其腳骨被打傷成殘，後來經家族籌了一大筆錢解決才獲釋。李喜祿終生纏著繃帶，痛苦不堪。大埤頭的李家石墻因而堆砌穩固，加強防禦，同庄男丁都練武，分批輪值當民防隊員。紅毛番係指法國人，企圖從淡水河口登陸，被清軍聯合民兵擊退。石墻仔內居高臨下，可監視敵蹤。

李魁賢在其詩文中，常提起他的阿公李宗菊，當過十九年的保正，人稱老菊伯：

　　　　每當提起石牆外的壕溝

　　　　掉落過多少不識水性的蔣幹

　　　　就怡然撫摸

　　　　笑彎了腰的小毛頭腦袋

　　　　老菊伯出殯時

　　　　沿路滿是草鞋的印痕

　　　　路祭擺到墓地的山麓下

　　老菊伯當保正，處事公正，生前死後廣受尊敬，在家裡，更扮演慈祥又嚴正的大家長，雖疼子孫，卻不偏愛。對長子李永興一家人疏開回來，責求在戰亂中要適應山居農耕生活，自力更生，包括孫子的學費，都得自行張羅。李魁賢兄弟姐妹經歷這種刻苦自強的磨練，果然個個熬出頭。

　　李永興於日治時期受過中等教育，進入地方農會

服務，在台北城有一份穩定的收入，過安逸的小康家庭生活，不料被戰爭打亂整個步調，疏開投奔故鄉，像「軟腳蝦」，也像寄居蟹，暫時借舊茨為殼棲居。從事農耕勞動，拿小筆的改持大筆鋤犁維生，體力不如道地的鄉下人。幼秀的妻子也受累，得就近養豬貼補家用，還要遠途跋涉上山採竹筍，下山賣竹筍。李魁賢曾為文細述母親這一段坎坷處境。直到戰後，李永興重返農會工作，收益才見好轉。

「即使不在一起生活／我也感覺到／他的眼神一直可以／到達我的身上」，詩人惕勵自己，要像父親一樣打拚，為的是要使「他的眼睛／永遠和神一樣」，從神樣的眼光，昇華為神，足見父親感應詩人多麼有神。

父親走後，李魁賢面對遺照，感到「他的血液在我體內流動」，重新浮現父親「眺望遠方的眼神」，也看到一脈相承的血液，在詩人的兒女體內流動。

整首詩，寫的有夠白，但白而涵具感人肺腑的濃郁詩味。紀念父親與祖父，李魁賢的表現手法各有不

同，寫祖父的內容比較豐富，採取電影詩較多變化的方式，寫父親著重眼神的感應作用，集中抒懷。

〈大地的香爐〉詩分三節，每節各五行，句句樸實無華，卻富於啟發人心，提升開展鄉土及香火的意境。1994年，淡水北投子李家宗祠供桌上的香爐遭竊，親族代表起初的反應「好像歷史被竊據一樣／頓成一片空白」。失去了傳家寶，讓族人頓感失了魂，但也迅速決定奉祀新香爐。李魁賢自承很少叩拜天地，身為李家後代，他也趕到宗祠「門口埕」舉香叩拜：

　　舉香仰望天空
　　突然天空偌大的眼睛
　　望著我微笑

老天竟會開眼望著他微笑，帶給讀者隱含「玄機」的轉折。

第三節如禪詩開悟，一掃疑雲重重的陰霾，整段透露的機鋒，令人不覺莞爾：

那是祖先的天空

是我們堅守的天空

我參拜後把香插在大地的香爐

不再怕竊賊覬覦

不再怕歷史被剽竊

　　所謂有失有得，家傳香爐遭竊，反而啟迪詩人轉
化狹隘的奉祀古物之念，敞開以大地為香爐，亦即大
地無處不是香爐，那怕再有失竊之虞。鄉土大地，大
地鄉土，家族聚散處，只要香火牽連之心相繫，家族
的歷史就不至於失散或被人剽竊。

　　台灣雖是島國，但可擴展環海視野建立海洋國
家，多數先民從中土渡海來台，草創世代難免以原
鄉為重，如李家遷台至第三代李山石的遺作〈望鄉
詩〉：

　　登舟渡台向東瀛，西望家鄉萬里程。

　　客定方中思故土，梁山踰過再經營。

前三句所思念的家鄉、故土，皆指原鄉福建，台灣則為東瀛，來此定居自稱「客定」，與客家先民暫且當過客過渡為家的觀念如出一轍。結語倒有別於貴族、文士的懷鄉詩，所謂梁山，比喻李家三代世居淡水山區，原本人煙稀少，經過他們墾荒引水開闢田園，卻招來「梁山泊」徒眾不斷騷擾，「踰過再經營」意指被入侵破壞搜刮，家族雖感痛心，仍不氣餒繼續經營。詩點出對原鄉舊情難忘，惟已有在此鍥而不捨經營的念頭。

李山石所建造的石墻仔內三合院瓦茨，歷經五代重修整建，目前是大埤頭保留較完整而頗具規模的歷史建築。

〈石墻〉詩也利用電影故佈疑陣的手法，引人入勝：

在青綠的月光下
踩著醺然的風

像踩著落葉一般的

民防隊員接踵走過

營造出懸疑的氣氛。走過「頹圮的石牆下……／以河石堆砌的圍牆／鼾聲和抽水馬達的音響／一樣清晰可聞」，連結著清、日領台兩個時代的歷史現場。搬河石砌牆起於清代，至日治後期才有抽水馬達可使用。

對著以耕稼交談的民防隊員

石牆是一頁斑黃了的手卷

民防隊是同庄鄰居組織聯防的巡邏捍衛團隊，大埤頭人家聚集的少，散置的獨立門戶多，白天大家忙碌農務，晚上按排班出巡，留在家裡的人也得注意防範，石牆設有銃口，住家牆壁同樣有銃口。巡防氣氛不緊張時，隊員對著石牆交談耕稼事。日本殖民統治時期，部分石牆已頹圮，對他們來說，那已是一頁斑黃的手卷般陳舊，有些人可能不知石牆的起源。

詩人形容石牆的銃口，像「張開黝黑的歷史的眼睛」，重現點煤油燈守夜，李家供奉戰旗和戟，乾旱時設壇求雨，隱隱聽見混戰的嘶喊夾帶著祈求與神降臨的咒語。

首節長達二十行，以「投入池塘內的一聲微響」作結，這一聲微響中含有多少歷史的點點滴滴，化成字字充滿汗和淚和血的結晶。

第二、三節分別演出菊伯、興伯老邁的境況。李宗菊是詩人少小時敬畏的大家長，在家族中的定位，不遜於石牆仔內開基祖李山石，其父親李永興則平易近人，受過近代教育，思想比較開通，盡其所能讓子女接受中高等教育，給予子女自由發展的空間。從農會退休後，李永興留在大埤頭：

把破損玩具的稻田作業
當做棋子下著

養育子女有成，跟老伴在山居，農耕當下棋的田

園生活。遇到假日，就盼望著時為工程師的詩人，帶著對他有些生分（陌生）的孫子、孫女來看他們。

結尾第四節為倒敘法，重複斑黃的石牆、巡更的民防隊員踩著醺然的風像踩著落葉，末句「在青綠的月光下」，即為第一節起句，首尾相呼應，予人翻閱一冊石牆老照片的滄桑感。

〈田園〉則是一闋田園交響曲，全詩三十二行不分段一氣呵成，且聽開篇四誦：

> 嘩啦啦蜜蜂的水聲
> 嘩啦啦陽光的水聲
> 嘩啦啦橘子的水聲
> 嘩啦啦烏雲的水聲

這四種交響形成母親大地的奶水，亦形成四季輪迴變化：「蜜蜂來叫春／太陽來洗臉／橘子來膨脹／烏雲來哭喪」。水聲一代傳過一代，流出淡水山坡地「整整齊齊的梯田」，田裡、水裡流進多少血汗，在

所不計，只求在此生存。可是這樣卑微的需求，常遭遇時局邊變：「突然圳溝改道了／水稻變成芒草／田岸鬆垮了／田鼠出沒／蛇洞處處」。田園變成荒野，每一回都肇因於台灣的外來統治者換手，就有或長或短的白色恐怖期，連荒郊野地的農家也不得安寧。

詩人藉田園荒蕪「連祖先的墓碑／也通通遁入芒草叢」，隱喻臺灣人若不能自立當家做主，再怎麼勞累打拚，都無法永續經營自己的田園。

讀〈青草地〉，心情不再沉重了，詩人帶引讀者回到他童年捕蟬、放牛、唱歌的青草地，就像翻閱一部「曝曬過的藏書」，回復童心如上昇的汽球。

有樹林和青草地，詩人接著要吟誦〈火金姑（螢火蟲）〉。他比喻火金姑為「中秋的孤星」，自己年輕時在城市流浪，每逢中秋，有如夜空中的孤星，格外想念還在家鄉到處遊蕩的火金姑：

　　詩人一直在找尋火金姑
　　想為她安置歇息的地方

不　詩人是想在異鄉找尋

有火金姑的心靈故鄉

自比火金姑，哪裡才有火金姑的心靈故鄉呢？詩人終於領悟「放生」，這牽涉到開發與生態保育如何平衡發展的問題。詩人慶幸，大埤頭存在火金姑的棲身之地。

走空襲，回到淡水老家避難，還是躲不掉戰火的洗禮。〈歸鳥〉紀念的是鳥，喪身於盟軍B29戰機的轟炸威力。在石牆仔內茨後茄苳樹上營巢棲居的鳥群，「從蚯蚓出沒的防空洞／為了追尋情人的聲音／鑽出那樹下潮溼的壕塹」，轟然一聲霹靂巨響，B29「炸出一道暴怒的水柱」，鳥群被轟炸聲嚇得驚逃飛竄，一隻隻溺斃在渾濁的池塘裡。

李家雖無人傷亡，乍聞空襲轟炸聲個個「驚破膽」。小鳥是詩人幼小心靈認定的天使，「從那一刻起／我死亡的天使只留在噩夢裡」，他將死亡的小鳥埋在茄苳樹下，愛鳥猝死的記憶，從此和災難打成一片。

這首反戰詩，死者雖是小鳥，詩人寄情至深。筆者曾在高雄目睹一片雜林地，經重劃開闢做其他用途，當推土機將林地夷為平地之際，樹林草叢裡的鳥群飛竄天空，母鳥因找不到雛鳥驚啼的慘狀，至今猶印象深刻。

〈聽海〉為六節二行體，李魁賢曾為文細述在淡水聽海的經驗，自承從小習於山林的沉靜，長大後喜歡海的豪邁，因不諳水性，只敢站在海邊靜觀或聽海。他學習聽海說話，引申為學習聆聽別人說話，訓練自己謙虛待人之道。海「激越時高亢　溫柔時呢喃」，海可以「容納消化不同的心情和脈動」，辨識海的聲音中又有「幾分是絕情的意味」，因為海有情抑或無情，但看你如何看待與適應。

選輯李魁賢這十二首家鄉詩，經過幾度誦讀玩味，讓我深感獲益良多。筆者發覺，從他已出版的詩集七百多首詩中，想要一次概括論述完備，自認尚難勝任，選同質體系的詩來探索一番，倒值得試試看。

李魁賢是個內斂的性情中人，寫家鄉詩，像〈田

園〉的首段節奏輕快流瀉的詩句並不多，連〈火金姑〉也引向深沉的哲境思維。筆者很想看到，年近七十的詩人，不要再拘謹自己，偶爾像個老頑童，寫出一些在泥土上打滾的童年記憶，不知詩人以為然否（對不起，這一句也顯得老氣橫秋）。

《台灣日報》副刊　2005.07.03-07.05

國家圖書館出版品預行編目

台灣意象集 / 李魁賢著. -- 一版. -- 臺北市
：秀威資訊科技, 2010. 1
面； 公分. --（語言文學類；PG0304）

BOD版
ISBN 978-986-221-335-3（平裝）

863.51   98019704

 語言文學類　PG0304

台灣意象集

作　　　者 / 李魁賢
發　行　人 / 宋政坤
執 行 編 輯 / 黃姣潔
圖 文 排 版 / 鄭維心
封 面 設 計 / 陳佩蓉
數 位 轉 譯 / 徐真玉　沈裕閔
圖 書 銷 售 / 林怡君
法 律 顧 問 / 毛國樑　律師
出 版 印 製 / 秀威資訊科技股份有限公司
　　　　　　台北市內湖區瑞光路583巷25號1樓
　　　　　　電話：02-2657-9211　傳真：02-2657-9106
　　　　　　E-mail：service@showwe.com.tw
經　　銷　　商 / 紅螞蟻圖書有限公司
　　　　　　台北市內湖區舊宗路二段121巷28、32號4樓
　　　　　　電話：02-2795-3656　傳真：02-2795-4100
　　　　　　http://www.e-redant.com

2010 年 1 月　BOD 一版
定價：180 元

讀　者　回　函　卡

感謝您購買本書，為提升服務品質，煩請填寫以下問卷，收到您的寶貴意見後，我們會仔細收藏記錄並回贈紀念品，謝謝！

1.您購買的書名：_____

2.您從何得知本書的消息？

　□網路書店　□部落格　□資料庫搜尋　□書訊　□電子報　□書店

　□平面媒體　□ 朋友推薦　□網站推薦　□其他_____

3.您對本書的評價：(請填代號　1.非常滿意 2.滿意 3.尚可 4.再改進)

　封面設計____　版面編排____　內容____　文/譯筆____　價格____

4.讀完書後您覺得：

　□很有收獲　□有收獲　□收獲不多　□沒收獲

5.您會推薦本書給朋友嗎？

　□會　□不會，為什麼？_____

6.其他寶貴的意見：_____

_____

_____

_____

讀者基本資料

姓名：_____　年齡：_____　性別：□女 □男

聯絡電話：_____　E-mail：_____

地址：_____

學歷：□高中(含)以下　　□高中　　□專科學校　　□大學

　　　□研究所(含)以上 □其他_____

職業：□製造業 □金融業 □資訊業 □軍警 □傳播業 □自由業

　　　□服務業 □公務員 □教職　□學生 □其他_____

To：114

台北市內湖區瑞光路 583 巷 25 號 1 樓

秀威資訊科技股份有限公司　　　收

寄件人姓名：

寄件人地址：□□□

（請沿線對摺寄回,謝謝!）

秀威與 BOD

BOD（Books On Demand）是數位出版的大趨勢,秀威資訊率先運用 POD 數位印刷設備來生產書籍,並提供作者全程數位出版服務,致使書籍產銷零庫存,知識傳承不絕版,目前已開闢以下書系:

一、BOD 學術著作—專業論述的閱讀延伸
二、BOD 個人著作—分享生命的心路歷程
三、BOD 旅遊著作—個人深度旅遊文學創作
四、BOD 大陸學者—大陸專業學者學術出版
五、POD 獨家經銷—數位產製的代發行書籍

BOD 秀威網路書店：www.showwe.com.tw
政府出版品網路書店：www.govbooks.com.tw

永不絕版的故事・自己寫・永不休止的音符・自己唱